DIALOGO DI PITTURA

Paolo Pino

ALL'ILLUSTRISSIMO SIGNOR

FRANCESCO DONATO

PRENCIPE DI VINEGIA

PAOLO PINO

Qual semplice contadino, che nella nuova stagione con primizie di fiori le sacre imagini agghirlanda, sperando per lo puro voto seminare la gratitudine divina e raccorre la largità delli fatti, ho ardito, illustrissimo principe, d'appendere questa mia fatica agli onorati piedi di Vostra Serenità. Eccitato non solo per la riverenza che le porto, come signore, o dall'affezione che le tengo, come nato nella felice sua patria, ma vie più a sé attraendomi l'integrità e candidezza del suo intelletto, proprio sacrario delle virtù, inchinato a terra con sincero affetto, questa mia pittura le consacro, acciò che fattole scudo col preclaro nome suo, intrepida s'appresti nelle mani del comune giudizio. E rendomi certo che Vostra Serenità Illustrissima non le negarà quella parte dell'inata sua cortesia che le parrà convenirsi, raccogliendola per ostaggio dell'amor che le porto, ancor che menomo tra gli sudditi suoi, e a modo di benigno padre dell'arti liberali abbraccerà le figliuole delle sue figliuole, tra le quali non menoma è la pittura, veramente degna d'aver spazio negli altri pensier suoi, come atta di rallegrare il giudizio di qual si voglia prencipe, tra quali mertamente per divina grazia ne possiede il primo seggio l'Illustrissima Vostra Serenità alla cui bona grazia umilmente mi raccomando.

PAOLO PINO

ALLI LETTORI

Cosa intollerabile mi parve veder una tanta virtù degna di rasserenare il cielo con la gloria sua, per ignoranza di noi pittori giacer sopita e negletta dal mondo, e tanto maggior displicenza assaggiava la mente mia, quanto più, che da qual si sia scrittore di ciascuna facultà l'udi' in diverse essemplarità celebrare, né mai alcuno antico o moderno isplicò a pieno che cosa sia pittura. Vero è che Plinio scrisse di lei molte cose degne, alcune delle quali sono inserte nel presente dialogo, e Leon Battista Alberto, fiorentino pittore non menomo, fece un trattato di pittura in lingua latina, il qual è più di matematica che di pittura, ancor che prometti il contrario. E anco Alberto Duro, molto nel disegno eccellente, scrisse in tal materia; parmi che Pomponio Gaurico ne scrivi alqunto, ma costui s'istende più nella scultura, nella fusoria e nella plastica, materie molto dall'arte nostra differenti. Il perché non mi parendo con tal prosonzione, parmi degno d'alcun castigo, ragionando di pittura; come pittore, deliberai tra me stesso di scriverne quanto l'intelletto mio mi comportasse, nientedimeno ho più fiate pervertito di commettermi nell'importanza d'un tanto carico, accorgendomi esser povero d'intelligenza, e mancar di quella candidezza di stile che richiederebbe. Laonde il debol mio giudizio non può sentirne fastidio, che non le scienze, non gli studj, ma sol la natura m'ha dato quanto in me si concepisce e di ciò che da me si produce; al fine, sperando più compassione che biasimo, spronato da un non so che d'amore di essa pittura, diedi aggio a quest'umore, del qual conseguirò il da me desiato fine, se quelli candidi ingegni nodriti dalla virtù, leggendo l'opera mia, l'ammetteranno come non molto disconvenevole a lei. E s'avviene che diversamente questo mio trattato sia giudicato e reprobato, mi terrò degno d'oscurarmi con la morte.

DIALOGO DI PITTURA
DI MESSER PAOLO PINO

INTERLOCUTORI

LAURO e FABIO

FABIO

Buona vita, Lauro mio, sprucciato e galante.

LAURO

Ben venuto il mio Fabio, appunto ero con voi col pensiero.

FABIO

Una qualche novità dell'amico, eh? scocca pure, ad ogni modo io son armaio dei tuoi segreti.

LAURO

Noi siamo invitati a un dolcissimo trebbio, dove vi seranno venticinque matrone, tutte leggiadre, tutte graziose e belle. Volete altro, ch'esser intratenuto tutto oggi dal spasso e dalla piacevolezza?

FABIO

Accetto l'invito, e mi serà un favor grande a veder cose allegre, perch'io son, come tu sai, più che malencolico. Eh? che trionfo debbe esser questo? un qualche sposalizio, o pur come banchetto?

LAURO

Fratello, ecco, ecco, queste matrone sono delle convitate: che direte di questa compagnia d'angeli?

FABIO

Spettacolo veramente divino.

LAURO

Fabio mio, voi come forastiero, compiacetevi nella contemplazione delle nostre donne.

FABIO

A me pare che queste madonne trarrebbon Marte di grembo dalla sua amata Venere con tali lascive blandizie. Sono vaghissime, e vestono più leggiadramente e con maggior venustà che qual si voglian donne del mondo.

LAURO

Incorrete nell'openione comune. Non è pontino in loro, che se li disconvenghi: tutte graziate, tutte belle.

FABIO

Voi parlate come veneziano, non già come pittore.

LAURO

Non sono però sì ebrio nell'amor della patria, ch'io m'abbagli in discernere il vero. Ben sapete, che quanto all'umor di noi pittori, la bellezza di tutte queste donne raccolta insieme non sopplirebbe per formar una bella femina a nostra sodisfazione, volendo imitar quelle linee, proporzioni, misure e ordini astratti quasi dal vero ch'i primi nostri inventori, per immortalarsi, instituirono le cose a modo loro, ben che l'invenzioni fossero (se dir si può) divine.

FABIO

Lauro mio, voi sommergete la perspicacia del vostro ingegno nell'ignoranzia, imperò che le proporzioni, che diceste, non forno partorite dai pittori, ma sì ben raccolte e tratte dall'opre naturali, come ordine usato dalla natura nelle opere sue; né può il pittore circonscrivere pur un punto, oltre quello che si vede nella natura. Altra regola non hanno i pittori, ch'imitare le cose vive e proprie.

LAURO

Oh, chi può negare? Ma ditemi, per cortesia, che cosa è questa vostra bellezza?

IL BELLO IN PITTURA

FABIO

Voi pur sapete ch'io sono pittore, e non filosofo. Leggete Aristotele e gli altri, c'hanno detto di tal cosa, ma per quanto m'addita il mio intelletto, qual egli si sia, altro non è bellezza, in ciascuna spezie creata, ch'una commensurazione e corrispondenzia di membri prodotti dalla natura senza alcuno impedimento di mali accidenti.

LAURO

Essendo la bellezza opera naturale, perché volete voi che l'arte mi regoli, nel sceglierla e giudicarla?

FABIO

Anzi la pittura ammette che l'intelletto vostro senza artificio possi esser capace di perfettamente intendere e giudicare tutte le cose naturali, ancor che gli antichi ispesero dietro a questa cognizione il tempo e loro facultati, riducendola in arte per lo meggio dell'isperienza; ma gli uomini errano per ignoranza, come voi, che, senza esaminar niuna di queste madonne, le giudicate tutte belle. Tali giudicj sono imperfetti, non dati dall'intelletto libero.

LAURO

Oh, noi siam conformi di cotal cosa.

FABIO

Veramente tutte le fatture naturali patiscono opposizioni. Il che causa l'impotenza della materia, nella qual essa natura imprime l'opere sue. E per non incorrere nell'imperfezione, imitate Zeusi, che volendo appresso li Crotoniati dipingere una Venere, elesse tra tutte le giovinette della città cinque vergini, la beltà delle quali soppliva all'integrità della sua Venere, raccogliendo da una di quelle gli occhi, dall'altra la bocca, e dall'altra il petto, e in tal guisa reduceva a perfezione l'opera sua.

LAURO

Vi faccio fede che, s'io fossi stato Zeusi, avrei prima usato con la natura, poscia con l'arte.

FABIO

Voi siete molto sensitivo.

LAURO

Non son già sì oppresso dalle burle, che mi lassi scappar la memoria dalla zucca. Ditemi: se ciascun ha naturalmente la cognizione delle cose naturali, meglio dovrebbe intendere la pittura, come imagine del natural?

FABIO

Non vi posso negar la risposta come virtuosa e propria a noi. Tal cognizione vi sarebbe, quando le cose dipinte fossero perfette, come le naturali, ma perché non possiamo noi far vedere ciascuna figura perfettamente distinta, e ciò avviene per le prontezze degli atti, come negli scurci, dove alcune parte fuggono dal vedere, che vengon difficilmente comprese da noi, le quali non possono esser capite da alcuno senza l'arte. E quest'è ch'uno eccellente pittore farà una figura simile al vivo, in atto sì difficile, che non sarà non ch'inteso, ma biasimato da chi non sa insin dove l'arte nostra s'estende. E cusì l'uomo si priva d'onore con quelle fatiche ch'egli spende per acquistarlo.

LAURO

Voi dite la verità, sia pur uno maestro dotto nell'arte, quanto si può, l'opere sue lo riducono tra la speme delle lodi e il timor del biasimo, e alcune fiate gli ignoranti s'impregnano di tal mala impressione, che spiacendogli una figura, una mano fatta da un pittore, lo pigliano in esoso di maniera che mai più si compiaceno nell'opere sue. Vedete messer Gierolimo bresciano, maestro di Paolo Pino, uomo raro nell'arte nostra et eccellente imitator del tutto, come ha ispesa la vita sua in poche opere e con poco preggio del nome suo. Vero è ch'un tempo fu proviggionato dall'ultimo duca di Melano

FABIO

Uomini così matrignati dalla sorte, qui vi sarebbe da dire.

LAURO

Non vi diffundete in tal cosa per divertir il ragionamento cominciato più dilettevole. E certo, se mi ramento il vero, voi diceste ch'il pittore non può distinguere tutte le cose; l'arte è adunque imperfetta?

FABIO

Anzi è perfettissima, quant'arte, ma l'arte di necessità è inferiore alla natura, perché la natura dà il rilievo e il motto alle sue figure, il ch'è impossibil a noi. L'arte nostra fa l'effetto che fa lo specchio il qual riceve in sé quella forma (senza il motto) che se gli oppone dinanzi. E se voi volete venire in tal cognizione, accommodate un uomo vivo nell'atto che più v'aggrada, e istendetegli un velo sottilissimo dinanzi, sì che la forma di colui traspari ispedita, poi imitatelo in un quadro: vederete ch'il vivo e il dipinto faranno un medesimo effetto, né si scoprirà cosa nel vivo che non appaia nel dipinto. Ma avvertite che, volendo vedere questa conformità, vi conviene affirmarvi all'origionte, cioè nel luoco ove voi ritraggesti quel vivo, ch'appostandovi più qua o più là del vostro punto, il vivo per lo rilevo farebbe diverso effetto da quel dipinto, ma stando nel termine, ambe le forme saranno simili. E perché la figura dipinta sarà fatta nella superficie d'una tavola piana e liscia, vedendo quel vivo per l'egualità di quel velo, tanto più egli sarà simile alla pittura.

LAURO

Bella comparazione. Ma, di grazia, chiaritemi meglio: che cosa è quel punto?

FABIO

Punto è un segno detto e usato da noi pittori per origionte, o termine, et è simile a quel punto altrimenti detto centricolo, né il compasso formerà mai un corpo circolare senza quel punto nel meggio, sì come anco il centro del mondo è la terra, così questo nostro punto, ancor ch'egli possi star fuori della proporzione del meggio, è però un termine e regimine di tutte l'opere nostre; da questo punto nasce la prospettiva, cioè molte linee, tra le quali due fanno al proposito presente, l'una pendiculare, over retta, l'altra obliqua (né altro è linea ch'una circonscrizione indistinta). E notate che tutte le cose dipinte convengono attender a quel punto, perché faccia un uomo qual più sforciato atto che sia possibile, egli non può uscire delli termini della sua porzione. Che così sia, il dimostro. S'uno sta in piedi, sforciassi, torgassi, quanto più può, sempre quel capo della gola batterà a piombo col capo nella giontura, tra la gamba e il colmo del piede, sopra qual egli si sostenta e possa, e variando converrebbe mutar piede, o appostarsi, over cadere; ma lasciamo tal cosa molto ben dechiarita da più ottimi intelletti, perché non intendo aviluppare in questo nostro ragionamento l'arte della prospettiva, avenga ch'ella sia molto importante a noi, come membro della pittura, come ve dirò un altro giorno; tornando, al parlar nostro, dicovi ch'in ciascuna nostra opera vi conviene appostare il vedere, punto, over origionte in quella parte che più riesce al lume e alla distanzia dove ha da firmarsi l'opera, e far che tutte le figure della tavola fuggano, scurzano e diminuiscano per una sola linea di quelle già dette, la qual nasca dal punto. E avvertite di porre tal punto da quel lato, dove l'opera si può vedere con porzionita distanzia, perché della pittura, ch'ha distanzia, le figure paiono più graziose, gli scurci sono meglio intesi e le tinte s'uniscono più, e tutta l'opera par più diligente. E guardative d'incorrere negli errori che appaiono in molte tavole, dico di mano di gran maestri, dove le figure sono tanto disordinate ch'una tende all'oriente, l'altra all'occidente, voglio dir che per ragione alcune scopren la schiena, che dovrebbon dimostrare il petto. La qual confusione, rende l'opera disgraziata a tutti, tutto che molti non sanno assegnare le ragioni di tal fallo. Dovete adonque affirmarvi a un luoco, e indi ritrarre il tutto.

LAURO

Mi riservo a intendervi nell'operare, perché le parole paiono molto difficili.

FABIO

Oh, io presuppongo parlare con chi intende, come buon pittore, perch'io non fo professione d'insegnarvi, ma di racontarvi le cose che mi richiedete.

LAURO

Se la prospettiva è tanto necessaria, la maggior parte de' nostri pittori ne sono mal guarniti, e perciò debbeno le loro opere esser piene d'errori. Sin che la memoria è recente, lucidatini quali siano quelle parti mere naturali, prive di mali accidenti, e come la natura possi da sé produr una bella femina.

CANONI DELLA BELLEZZA MULIEBRE

FABIO

Troppo è difficil conoscere la perfezione di qual si voglia cosa, ma impossibil è poi trovare il vero nel proprio intrinseco di natura, ancor ch'i naturali filosofi amatori della verità, indagando svelorno molti suoi segreti, e no pur dissero la natura della natura, ma assegnorno le ragioni, l'ordine e le cause. Il che da me non intenderete, né anco fa al preposito nostro, vi dissegnerò bene con le parole quelle parti più grate, e più lodate dagli uomini, le quali tengo indubitatamente che siano quelle che mi richiedete.

LAURO

Purché racontate quanto fa mestieri a noi pittori, nell'altre cose compiacete voi istesso.

FABIO

Volendo sodisfar a voi nel mio ragionamento, a forcia convengo compiacermi in ciò che v'aggrada.

LAURO

È vero, ma se vi compiacete di ciò ch'a me piace, voi anco gustate del medesimo piacer ch'io partecipo.

FABIO

Tant'è. Par a me ch'un corpo feminile, a esser perfettamente bello, non bisogna che la natura sia nel produrlo impedita, e che la materia sia ben disposta di qualità e quantità; che sia generata in buona congionzione delle sette stelle e sotto benigno influsso di queste seconde cause, d'equal complessione in propria porzione; che gli umori superficiali siano temperati di modo che da loro si causi una carne delicata, senza macola, lucida e candida; che l'età non aggiugnia alli trentacinque anni, ma più partecipi dell'acerbo che del maturo, non debilitata dal coito, non pasuta, non arida; che le membra corrispondano insieme; con i capelli lunghi, sottili e aurei; le guancie uguali; la bocca retta; le labra di puro sangue e picciole; i denti candidi et eguali; l'orecchie nel suo termine, il qual è da la punta del naso infin alla coda dell'occhio, e sian basse; la gola rotonda e liscia; il petto amplo e morbido, le poppe sode e divise; le braccia ispedite; le mani delicate con le dita distese, alquanto diminuite negli estremi con ugnie più lunghe che larghe; il corpo poco rilevato e sodo; le coscie affusate e marmoree.

LAURO

Avvertite bene che scendesti dui gradi in un passo, non vi ponendo quel di meggio.

FABIO

Vi si ricciava l'appetito, eh?

LAURO

Seguite di grazia.

FABIO

Se gli convengono le gambe asciute, i piedi piani, le dita distinte. Questo parmi esser l'ordine di natura priva d'impedimento, altro è poi la bontà intrinseca, la qual è connessa nella porzione dechiaratavi, tal che la bellezza fa fede alla bontà. E dice Aristotile ch'un corpo mostruoso è indegno d'una anima retta.

LAURO

E voi non toccate del riverso

FABIO

A voi sta, che l'intendete meglio di me.

LAURO

Vi passate tacitamente, perché non entri in cognizione dell'arte vostra, eh?

FABIO

Anzi m'affatico per insegnarvi nell'arte mia quanto ne son capace.

LE PROPORZIONI DELLE FIGURE

LAURO

E si sia; piacciavi almeno di farmi intendere le porzioni delle figure, come le si denno compartire, come le si possino dir proporzionate.

FABIO

Lo farò, ancor che di rado ci occorre far figure tanto semplici, ritte e inscepide, che si possino integramente misurare, perché ciascun maestro si debbe acuir nella prontezza degli atti moventi e pronti, dove le figure in più parti fuggano, scurzando, o diminuiscano, e a quest'altro che l'ingegno nostro non ci può servire. Formò Iddio l'uomo con ammirabil composizione da molti detta armonia, e gli diede una sì proporzionata forma, che da lui furono tratte tutte l'invenzioni, ordini e misure. Gli antichi architetti edificatori trovorono, nell'invenzione, fabricar città, torri, templi, navi e altre macchine da guerra; diedero le quantità e proporzione a colossi, agli archi, alle colonne, alle porte e alle finestre, non da altro traendole che dalla forma dell'uomo. Fu dall'uomo trovata la forma sferica, over il tondo perfetto, ché disteso un uomo in terra proporzionato con le braccia e mani apperte quanto si può in forma di croce, e istendute le gambe e i piedi, allargandole quanto può, postogli una punta di compasso all'umbelico, come centricolo, l'altra punta accostata alla cima del capo, quella arruotando per l'estremità del capo, piedi e mani, formavano un tondo perfetto. Dall'uomo similmente disteso, ma con le gambe unite, si forma un quadro perfetto; medesimamente si fà la forma triangolare.

LAURO

In vero l'uomo è la più eccellente creatura tra le cose prodotte, e perciò è credibile che l'uomo traessi le cose artificiali da l'uomo, come soggetto più misterioso e più notabile.

FABIO

Non vi è porzione di quantità determinata che servi a tutte le forme, imperò che tra noi è gran varietà, perché l'uno è più grande dell'altro. Ma perché queste differenzie nascono dagli accidenti, emoli della natura (come vi ho detto parlandovi della bellezza), gli antichi ingegnosi elessero tra gli uomini una di queste quantità per più proporzionata e giusta, e volsero costoro che l'uomo fusse d'altezza di sei piedi, e quest'è l'ordine usato da Vitruvio, ma è da credere che Vitruvio intendesse di piedi geometrici, i quali secondo Marco Varrone e Aulo Gellio erano di quattro palmi di mano imperò che li piedi comuni fallano assai in molte forme proporzionate. Ma qui ci concorre la discrezione, ch'è intesa da me per buon giudicio. Quanto alla distinzione di membri, vi sono molte difficultà tra coloro che ne parlano. Il che a intendere causerebbe nausea e fastidio. Però s'accosteremo a Vitruvio, il quale vuole che nel compartire l'uomo s'usi per misura la faccia, che porta del Tesauro nostro, cioè quella distanzia ch'è dal mento all'estremità della fronte, dove prencipia la radice de' capegli, benché di quella medesima lunghezza siano le mani, cominciando dalla giuntura della rasetta fin al dito medio. Conviene, adonque, ch'una figura (a esser di giusta porzione) sia in altezza dieci faccie, non eccedendo l'undecima a questo modo. Prima dalla sommità del capo sin all'estrema punta del naso vi sia una faccia; dalla punta del naso sino all'osso forculare over sommità del petto, vi è la seconda; e dalla sommità del petto al concavo, over bocca del stomaco, vi è la terzia; da indi all'umbelico si distingue la quarta; poi sino ai membri genitali è la quinta. E qui è la metà della forma. Dico dall'osso forculare sino alla pianta de' piedi, non vi ponendo il capo, per ch'il meggio dell'uomo integro è l'umbelico; la coscia, parte della gamba insino alla punta del ginocchio, è distinta in due faccie, e dal ginocchio alla pianta de' piedi vi sono tratte l'altre tre. A tal modo la figura si fà in dieci faccie, la qual cosa è stata da me col vivo certificata. E per darvi l'ordine integro, le braccia denno esser tre faccie lunghe, cominciando dalla legatura della spalla, e continuando fin alla giuntura della mano detta rasetta; e sappiate che la distanzia ch'è dal calcagno alla somità, o collo del piede, è anco medesimamente dal collo de' piedi fin all'istremità delle dita; poscia la grossezza dell'uomo cingendolo sotto le braccia, è per la metà della lunghezza.

LAURO

Oh, quanto m'è grato tal ragionamento, e non di poca utilità.

FABIO

La faccia da noi usata come misura si divide in tre, un terzo della qual è dalla barba insino sott'il naso, la seconda è dai fori del naso alla equalità delle ciglia, la terza e ultima, dalle ciglia sino al fine della fronte. Un'altra sottilità vi dico, che nelle dita della mano vi sono tutte le misure della faccia, una delle quali è dal nodo del meggio sino alla punta del dito indice: vi è quanto dal mento alla fessura della bocca; e quanto è lunga la bocca, è anco quanto sono lunghe l'orecchie; poi dall'altra giontura del dito indice più verso l'ugnia, insino all'istremità del dito, vi è la lunghezza dell'occhio; e tant'è distante un occhio dall'altro, quant'è lungo un occhio; poi tanto è lontana l'orecchia dal naso, quanto è lungo il dito medio. Così tutte le membra e gionture sono conformi, e corrispondenti insieme. E sappiate ch'in un corpo umano, che sia integro, vi sono inclusi sei cento e sessanta sei membri, tra vene, nervi, ugnie e nodi.

LAURO

E per ciò si dice ch'Iddio e la natura non fà cosa alcuna frustra o vana. Eccovi la grandezza dell'arte nostra, mirate in qual cosa consiste, nell'integra cognizione della più nobil fattura d'Iddio.

FABIO

Con tal regole gli antichi scultori faceano figure di dieci pezzi, e poi le commettevan insieme, e riuscivano giustissime e proporzionate.

LAURO

Ancor che tal misure ruginiscano, come parte mal usata da noi, pur mi sono gratissime e care.

FABIO

Buona cosa è il saper assai, ma perfetta è l'aver cognizione del migliore, è anco
più lodabile unirsi alle misure che confidarsi nel suo giudicio.

POSSIBILITÀ DELLA PITTURA

LAURO

Mi soviene, che l'altro giorno diceste che tutte l'arti mecaniche sono dette fabrili, e non così è detta la nostra.

FABIO

Perché la pittura non è mecanica, ma arte liberale, unita con le quattro matematiche, e siate certo che nella terza delle tre prime cause, cioè Iddio, natura e arte, la pittura come parte è connumerata, e unita, e celebrata, qual membro nobile dell'arte propria. Quest'è la più alta invenzione che s'opri tra gli uomini, e tutte l'arti mecaniche sono dette arti per partecipazione, come membri dependenti dalla pittura, la qual è natura dell'arti mecaniche per lo disegno, ch'i fabri, artefici non puono formar pur un minestro senza il disegno, e dato che tutte l'arti imitano la natura, questa sopra tutte l'altre con maggior integrità imita tutte le cose naturali, e causa quelle prodotte dall'arti mecaniche. Questa è quella divina invenzione, il cui soggetto s'inalcia alla distinzione dei doi mondi; che conserva la memoria degli uomini, dimostrando l'effigie loro; ch'aggrandisce la fama a' vertuosi, componendo con altro che con parole gli atti suoi freggiati d'eterna gloria, eccitando li posteri a ragualiarseli di prodezza. Ecco l'arte che nobilita l'oro e le gemme, imprimendo in essi la varietà dell'imagini. Questa è quella poesia che vi fà, non solo credere, ma vedere il cielo ornato del sole, della luna e delle stelle, la pioggia e neve, le nebie causate da' venti, l'acqua e la terra. Vi fà dilettare nella varietà di prima vera, nella vaghezza dell'estate, e ristringervi alla rappresentazione della fredda e umida stagion del verno. Con tal arte si sono ingannati gli animali. E chi può negare che sovente gli uomini non si siano ingannati, tenendo al primo sguardo l'imagini dipinte per vive? La pittura distingue gli effetti amorosi, scuopre la falsa adulazione, il fuoco dello sdegno, il vivo della fortezza, lo grave della fatica, il terribile della paura, la proprietà di natura, l'intrinseco dell'animo, l'ingeniosità dell'arte, e ch'è più la vita, e la morte.

LA PITTURA È ARTE LIBERALE

LAURO

Un poco più n'andavo in estasi. In che modo s'intende che l'arte nostra sia liberale, e non meccanica?

FABIO

Furono alcune più nobili arti chiamate - dagli antichi - liberali, come proprie all'intelletto e agli uomini liberi, e fu la pittura tra quelle celebrata e approbata da tutti i filosofi, come referisce Laerzio Diogene e Demetrio. E che cusì sia, la ragione è ch'uno pittore non può nell'arte nostra produrre effetto alcuno della sua imaginativa, se prima quella così imaginata non vien dagli altri sensi intrinseci ridotta al conspetto dell'idea con quella integrità ch'ella s'ha da produrre, tal che l'intelletto l'intende perfettamente in se stesso, senza mecare fuori del suo proprio, ch'è l'intendere, similmente sono intese l'altre arti liberali, come dialetica, grammatica, retorica, e l'altre onde noi pittori siamo intelligenti nell'arte nostra teoricamente senza l'operare.

LAURO

Che val tal virtù non la facendo manifesta con l'effetto?

FABIO

Cotesto operare è pratica, il qual atto non merta esser detto mecanico, imperò che l'intelletto non può con altro meggio, che per gli sensi intrinseci, isprimere e dar cognizione della cosa ch'egli intende. Il che non è fuor del proprio ufficio intelettivo, perché gli sensi si muoveno retti dall'intelletto. E avenga ch'alcuni dicano l'operar esser atto mecanico per la diversità de' colori e per la circonscrizione del pennello, così nel musico alciando la voce, dimenando le mani per diversi istromenti, nondimeno tutti noi siamo liberali in una istessa perfezione. Ma liberale si può dir la pittura, la qual, come regina dell'arti, largisse e dona buona cognizione di tutte le cose create; liberale anco, come quella, a chi è concessa libertà di formar ciò che le piace.

LAURO

Io ne son chiarissimo. Mi sapreste voi dire onde viene che la pittura non è in quella prisca venerazione, né vien premiata come anticamente era?

FABIO

L'arte in sé non mai digraderà dalla prima degnità, come arte liberale e virtù rara, ma noi artefici siamo disuguali a quel onere e utilità convenevole a tal arte per tre cagioni. La prima è che noi vogliamo prima esser maestri che discepoli, la seconda per la molta ignoranza di chi fa operare, la terzia per l'avarizia de' pittori e di chi compera. Queste sono a mio giudizio le cause potissime ch'i pittori sono in poca considerazione e mal premiati. Di quegli ch'attendono a porre i bei colori in opera per trarre i quattrini, io non intendo parlarne. Or, ritornando al ragionamento lasciato, creggio ben che la pittura in alcuna età sia stata obliata dal mondo per rivoluzione di queste seconde cause, e perciò Plinio nel principio, dove tratta di pittura, dice che l'arte statuaria eccede la pittura di gloria e fama; ma la statuaria compareva per la natura del sasso, ch'è incorruttibile, e non già per la perfezione dell'arte, questo perché l'arte nostra era a quel tempo immersa, poscia istaurata da ottimi intelletti, al giorni nostri risplende come la fulgente faccia del sole. Vero è che non fruimo quelle prerogative donateci da' Greci, li quali ebbero in tanta venerazione l'arte della pittura, ch'oltre il celebrarla come arte liberale, non pativano per edito publico che niun cattivato in servitù, overo condennato per qual si voglia mesfatto, potesse imparar tal arte, e - se la sapeva - gli era vetata lo isercitarla. Fu anco molto istimata da' Romani, dei quali molti furono nobili pittori, come Manlio Fabio, che dipinse il tempio della Salute, perciò tutti i Fabj furono cognominati pittori. Fu pittor Pacuvio, poeta nipote d'Ennio poeta; Turpillo, cavallier romano, il qual dipingeva con la mano manca. Furono pittori studiosissimi Nerone Valentiano, Alessandro Severo, ambi imperatori; Socrate, Platone e Pirro, filosofi celeberrimi, furono pittori ingenui, e per la degnità di tal arte Pedio fece isercitar Pedio suo nipote, il qual era nato mutolo; e Paolo Emilio con altri nobili romani fecero istruir li suoi figliuoli in tal nobil virtù a loro convenevole. E non tanto dilettò la pittura a gli uomini, ma le femine insieme ne fecero profitto, tra le quali Tamarete, la qual dipinse una Diana lungamente conservata in Efeso, un'altra Irene, e Calisso, l'altra Zizena, vergine olimpia, né di minor ingeniosità fu Marzia, figliuola di Varrone, che dipinse anco ne' fori pubblici, è stata pubblicata da' scrittori.

LAURO

Mi spiace udir ragguagliar le femine con l'eccellenza dell'uomo in tal virtù, e parmi che l'arte si denigri, e che si tiri la specie feminile fuori del suo proprio, perché alle femine non si vi conviene altro che la conocchia e l'arcolaio.

FABIO

Voi dite bene, ma queste tali celebrate per diverse virtù furono femine che partecipavano dell'uomo, sì come favoleggiando si dice d'uno ermafrodito, le quali appresso di me mertano esser apprezzate come quelle che, vista l'imperfezion loro, tentano (istraendosi dal suo proprio) imitar il più nobile, ch'è l'uomo. In opposito poi veder un uomo effeminato è una cosa vituperosa, ma tal integrità nelle femine appaiono di raro, et è detto come miracolo in natura.

LAURO

Certo è, che la pittura impera e supera di virtù tutte l'arti come guida e calamita di esse, per l'ordine e per la perfezione del disegno, e per ciò colui che l'accetta, e ch'in lei si diletta, dovrebbe anco esser commodo delle cose al viver nostro necessarie, e prima aggiarsi bene, e poi filosofare che la pittura è una specie di natural filosofia, perché l'imita la quantità e qualità, la forma e virtù delle cose naturali; e tenete per certo che l'arte nostra risplenderia più che mai perfetta, e sarebbe a giorni nostri molto più che da gli antichi istimata e premiata, se li pittori non l'oprassero per necessità; ma il maggior numero di noi ha due nemiche, povertà e avarizia: l'una non ci lascia perficere, l'altra ci avilisce di modo che non acquistiamo né ricchezze, né onore.

FABIO

Codesto è verissimo, e questa povertà e avarizia causano dallo carico di moglie e figliuoli, tal che, com'un pittor s'ammoglia, egli si dovrebbe privar dell'arte; né trovo che mai pittor antico si maritasse, eccetto Apelle, il qual, avendo ritratto una favorita d'Alessandro, nomata Campaspe, e lodandogliela per bellissima, sì come acceso di lei, Alessandro glila diede per moglie con molti pesi d'oro dicendogli: «Tu, che hai perfetta cognizione della sua bellezza, sei anco più di me degno di goderla».

LAURO

Cosa non poco da lodare in Alessandro, vincendo (a mal grado del senso) se medesmo, e anco onorato premio d'Apelle, donandogli quella femina già elettasi per lui, e perch'è da credere ch'Alessando e altri, i quali premiavano così eccessivamente li pittori, fussero persone giudiciose rispetto alle prodezze loro, e anco da rendersi certo che gli pittori antichi fussero eccellentissimi, il perch'erano in grande istimazione, come un Apelle tanto grato ad Alessandro Magno, ch'oltre il donarli la femina detta, vuolse anco ch'egli solo potesse ritrare l'effigie sua. Cosa ch'accerta la perfezione d'un tal maestro.

FABIO

Così tengo io, e a vostra confirmazione vi voglio raccontare alcune cose conservate da' più ingenui scrittori come degne di perpetua memoria. Era Demetrio accampato a Rodi e, per la strenua difesa dei Rodiani, deliberato cacciar fuoco da una parte della città più debole e facile da ispugnare, fu gli detto ch'abbrugiando quel luoco, distruggeva una bella tavola dipinta per man di Protoegene, d'il che più accortosi Demetrio, vuolse prima abandonar l'impresa che distruggere una sì degna opera, e così lasciò illesa la città di Rodi.

LAURO

Vedete con qual affettuoso nodo sono legati i pittori dalla pittura, ch'anzi vuol Demetrio conservare una tavola dipinta, ch'immortalarsi con l'acquisto d'una tanta città.

FABIO

Si legge in Plinio e altri di Apelle cose molto ammirande, e appresso di me come impossibili, imperò che si dice ch'ei fingeva come propri i raggi del sole, e dipingeva il baleno e lampi tanto al vero simili, ch'imprimeva timore ne' riguardanti, come cosa molto difficile, anzi imitabile, perch'a tal lucidezza non serveno i colori, né anco l'uomo può affissarsi in quelli, sì che ne apprendi buona informazione, per esser tanto i baleni subiti. Dipinse Apelle un cavallo a concorrenza d'alcuni fatti da altri pittori, e volendo quelli giudici conoscere il più perfetto tra quelli, fecero condurre alcuni cavalli vivi al conspetto del dipinti, e, vedendo quello d'Apelle, cominciorono a nitrire e alterarsi, ma per gli altri non fecero alcun segno. Fece Tolomeo un convitto, al qual trovatosi Apelle, e venendo veduto da Tolomeo, che l'odiò sino in vita d'Alessandro, soperbamente gli domandò chi l'avesse introdotto nel suo palagio, alla qual risposta trattosi Apelle da mensa senza altro rispondere, recatosi un carbone in mano, disegnò nel muro una faccia, la qual fu conosciuta come effigie d'uno nominato Piano che l'aveva convitato a tal trionfo. Costui cominciò una Venere, e sopragionto dalla crudel morte, lasciò la figura imperfetta, né mai fu trovato pittore che ardisse di finirla, e così imperfetta fu dal comune molti anni (come cosa maravigliosa) conservata.

LAURO

Beato lui, la cui propria virtù lo rende immortale a noi e glorioso tra gli spiriti umani.

FABIO

Vi fu uno pittore tebano detto Aristide, il qual vendete una figura di Bacco cento talenti, che valevano cento ducati l'uno, e un'altra pur della costui mano fu comperata dal re Attalo per sei mille sesterzj (li quali sono di valore di due libre e mezza d'oro per uno, secondo Cicerone), e credendo Mumio che vi fusse nascosta una qualche virtù, rivocata la vendita, fece riporre la figura nel tempio di Cerere.

LAURO

Oh, ben felice Aristide, meritevole di sì alti prezzi e degno d'una perpetua gloria. Quelli furono amici delle più benigne stelle.

FABIO

Che direte di Bularco, che donò una sua tavola (nella qual era dipinto il conflitto delli Magneti) a Candaulo re de' Lidi, il qual re, non sapendo dargli più onorato prezzo, fece porre la tavola sopra una billancia, e l'altra billancia caricò di tanto oro che s'agguagliò al peso della tavola, e con tal modo fu di cortesia reciproco al donatore?

LAURO

Volete voi credere che il ragionamento vostro mi accende d'una certa invidia, a tal che se possibil fusse, non risparmerei il sangue proprio per farmi dotto nella pittura? In vero che l'eccellenzia di costoro mertava esser goduta eternamente dal mondo. Non so dove a' tempi nostri si trovasse un pittore che, con una pittura, accendesse il cuor di un uomo di libidine, come Ponzio, legato di Caio imperatore (per quanto dice Plinio), ch'infiammatosi d'una Elena dipinta, tentò più meggi per portarsela seco, ma, essendo la pittura in muro, ciascuna invenzione fu debole; e Zeusi, che dipinse l'uve tanto simili alle proprie, che gli augelli volavano a quelle credendo mangiarsele.

FABIO

Degno di più onorato preggio fu Parasio, che dipinse uno panno bianco in un quadro, sotto il qual accennò esservi certe figure, e Zeusi, suo concorrente, scintillando ancor nella gloria acquistata per l'uve, stimolava Parasio che facesse scoprire il quadro, al che rispose Parasio: «Scoprilo da te stesso». Zeusi, cupido di vedere l'opera che pareva e non era, accostatosi alla tavola, diede di mano nel velo dipinto, ond'egli confessò esser vinto dall'ingeniosità del rivale.

LAURO

Maggior difficultà è ingannare un maestro nella medesima arte con la qual egli si vince, ch'ingannar gli augelli, li quali conoscono le cose per le forme senza altra distinzione, e che così sia, dipinsi poco tempo è in una loggia un gallo indiano, imitandone un vivo, il qual vivo, veduto il dipinto, cominciò alterarsi di tanto sdegno che, gridando, con l'ali e ungnie difformò tutta la pittura, e per lungo spazio li tennero un certo riparo. Il medesimo m'è occorso in alcuni cavalli, sì come avvenne a quel d'Apelle, e a un ratto dipinto da un mio amico, al qual s'aventò un gatto credendolo vivo.

FABIO

Di ciò vi presto indubitata fede. Et è chiaro che fu senza comparazione maggior l'intelligenzia di Parasio, perch'ancora egli fece nella insula di Rodi una pernice sopra una colonna, alla qual volavano le vere cotornici, e anco m'aita a crederlo ch'el ditto Zeusi fece un fanciullo che teneva pur uve in un piatto, alle quali, come le prime, venivano gli augelli, non ispavendosi per lo fanciullo. Dil che Zeusi si sdegnò con se stesso dicendo: « S'il fanciullo avesse del vivo, come l'uve hanno del vero, gli augelli lo temerebbono». Fu Zeusi dannato che formava le figure curve con i capi troppo grandi, ma ebbe la sorte fautrice e gli scrittori propizj.

LAURO

Voi mi avete introdotto in un giardino tanto dilettevole che, se non mi scemasse l'umore, o mi farrei vallente pittore, o mi morrei sul buco del studio.

FABIO

Da che siamo oppressi nell'ampiezza d'un tanto ragionamento, a voi e a me dolcissimo, per far più abondevole questo vostro desiderio, io voglio farvi intender che cosa è pittura, succintamente, però, e in modo forse non mai più dichiarato per quel che si legge.

LAURO

Per Dio, io ve ne volevo richieder, ma stavo ambiguo d'imporvi tanta fattica, temendo che voi recusaste di sparger così dolce semente nel mio arido giardino.

FABIO

Come, fatica? Anzi, solazzo! ch'avendo la mia dilettazione posta solamente nell'arte nostra, più dolce intratenimento ch'io possi gustare è il ragionar di lei, e in essa operare.

LAURO

Il medesmo piacere è in me, e creggio che in niuna cosa più piacevole agli uomini si possi gustare maggior soavità e contentezza di quella che si assaggia nell'arte nostra.

FABIO

Cotesto è chiaro, perché la natura imita se stessa, e naturalmente tutti gli artefici amano le sue fatture, e molte fiate la natura lo dimostra, dipingendo da se stessa nei marmi e tronchi diverse forme figurate, sì anco nel fumo e nube diversamente concernesi, e questo fà la natura con quella dilettazione che prende uno vedendo l'effigie sua nello specchio.

LAURO

Oh, bella descrizione! Oh, bene, che cosa è pittura?

FABIO

L'arte della pittura è imitatrice della natura nelle cose superficiali, la qual, per farvela meglio intendere, dividerò in tre parti a modo mio: la prima parte sarà disegno, la seconda invenzione, la terza, e ultima il colorire. Quanto alla prima parte, detta disegno, io voglio anco dividerla in quattro parti: la prima diremo giudicio, la seconda circumscrizione, la terza pratica, l'ultima retta composizione. Circa alla prima, detta da me giudicio, in questa parte ci conviene aver la natura e i fatti propizj, e nascere con tal disposizione, come i poeti; altro non conosco come tal giudizio se possi imparare: è ben vero, ch'isercitandolo nell'arte, egli divien più perfetto, ma, avendo il giudicio, voi imparerete la circonscrizione, il ch'intendo, sia il profillare, contornare le figure, e darle chiari e scuri a tutte le cose, il qual modo voi l'addimandate schizzo. La terzia è la pratica del saper accomodare il vivo a buon lume; conoscere il bello, perché molte cose proprie sono belle in sé, che fatte in pittura paiono isgraziate e goffe; aver buona maniera nel disegnare; saper l'invenzioni, come in carte tinte, col lapis nero e biaca, toccar d'acquaticie, trattegiar di penna, ma lo chiaro e scuro è il più presto e più util modo, e il migliore, perché si può ben unire il tutto e dar più mezze tinte e più chiare. L'ultima poi è detta composizione: in questa s'include tutte l'altre, cioè il giudicio, la circoscrizione e la pratica. Imperò che questa retta composizione consiste nel formar integramente le superfizie, le quali sono parti de' membri, e i membri come parte del corpo, il corpo, poi, come integrità dell'opera, questa dà la giusta porzione al tutto, imita ben il proprio, come un vecchio, un giovene, un fanciullo, una femina, un cavallo, e l'altre diverse specie, sì ch'uno non assomiglia all'altro, contrafà ben gli scurci, parte più nobile dell'arte nostra, figne ben li drappi senza confusione di pieghe, sempre accennando il nudo sotto dà gran rilevo al tutto, e quest'è lo spirto della pittura.

… L'INVENZIONE …

LAURO

Cancaro, qui c'è da far! Pur oltre, all'invenzione.

FABIO

Volete altro? ché voglio farmi un ricettario, come se la pittura fusse medicina di Galeno, ma di grazia non lo divolgate, acciò che li pittori nostri non mi canoneggiassero per cierletano.

LAURO

Creggio ch'essendo gli uomini cupidi di novità, a ciascuno sia il raggionamento vostro gratissimo.

FABIO

Anzi dubito, che non essendo io pittor di poca auttorità, pur mi sodisfacio in due parte: prima, che quanto vi dico è verissimo, poi ch'il mio trattato non rassomiglia ad altro ch'a se stesso.

LAURO

E per tanto la lode e il biasimo siasi il vostro.

FABIO

Or alla seconda parte, già detta invenzione; questa s'intende nel trovar poesie e istorie da sé (virtù usata da pochi delli moderni), et è cosa appresso di me molto ingeniosa e lodabile.

LAURO

A questo vi dò per testimonio le facciate di Santo Zago, le figure delle quali sono senza significato né suo, né d'altrui, e pur maneggia tutte l'antichità di Roma, imo del mondo.

FABIO

Tanto è maggior gloria la sua, felice colui che non fura l'altrui fatiche! È anco invenzione il ben distinguere, ordinare e compartire le cose dette dagli altri, accomodando bene li soggetti agli atti delle figure, e che tutte attendano alla dichiarazione del fine; che l'abitudini delle figure siano varie e graziose; ch'il maggior numero di esse si vedano integre e spiccate; ornar l'opere con figure, animali, paesi, prospettive; far nelle tavole intervenire vecchi, giovani, fanciulli, donne, nudi, vestiti, in piedi, distesi, sedenti, che si sforci, altri si dolga, alcuni s'allegri, di quelli che s'affatichi, altri riposi, vivi e morti, sempre variando invenzioni, come si convien alla dichiarazion dell'atto dell'istoria che si suol dipignere, il che fa la natura in tutte l'opre sue, non mai lasciando il naturale, come essemplare, e ancor che si facci più fiate una istoria, cosa vituperosa è il riporvi quelle istesse figure e atti; far nell'opere figure grandi, per ch'in esse si può perfettamente ordinare la proporzione del vivo; e in tutte l'opere vostre fateli intervenire almeno una figura tutta sforciata, misteriosa e difficile, acciò che per quella voi siate notato valente da chi intende la perfezion dell'arte. E perché la pittura è propria poesia, cioè invenzione, la qual fà apparere quello che non è, però util sarebbe osservare alcuni ordini eletti dagli altri poeti che scrivono, i quale nelle loro comedie e altre composizioni vi introducono la brevità, il che debbe osservare il pittore nelle sue invenzioni, e non voler restringere tutte le fatture del mondo in un quadro; n'anco disegnare le tavole con tanta istrema diligenza, componendo il tutto di chiaro e scuro, come usava Giovan Bellino, perch'è fatica gettata avendosi a coprire il tutto con li colori; e men è utile oprare il velo, over quadratura, ritrovata da Leon Battista, cosa inscepida e di poca costruzione. Usano anco di far pronunziare a un solo tutto quello che s'ha da dimostrare, così die fare il pittore, comporre (con l'aiuto del vivo) lui solo e da sé senza altro latrocinio la sua istoria. E perch'anco vogliano minor numero di personaggi che puono. Onde Varrone non comportava che ne' convivj publici vi si adunasse più di nove persone, perch'in vero tante figure anzi si può dir confusione che composizione; non però intendo che questo numero di nove si debbi osservar da noi, ma più e meno, come porta l'istoria, fuggendo il tumultuare, ben mi piace che la dechiarazione del soggetto s'includi in poche figure, ornando con varie spoglie, panni, legami, nodi, freggi, veli, armature, e altri ornamenti di capo bizzarri e gai, dando all'opere tal venustà e gravità, che rendino li riguardanti ammirativi, imperò che mal è per l'artefice, se l'opera muove a riso li circostanti, perché si stupisce del bene, e si burla del sporzionato e goffo.

LAURO

Quanto più ne parlate, m'aveggio che tanto meno l'intendo.

FABIO

In queste parti vi sarebbe da dir molto più, ma non è di necessità, parlando con chi intende, più di quel ch'io dico.

LAURO

Io v'intendo benissimo, ma non però m'è concesso isprimerlo con l'opera. Seguite pur.

FABIO

La terzia e ultima parte della pittura è il colorire; questa è una composizione di colori nelle parti scoperte al vedere, perch'a noi non appartengono quelle cose che non si scopreno al veder stando in un termine, essendo la pittura proprio soggetto visivo. Il colorire consiste in tre parti, e prima nel discernere la proprietà delli colori e intender ben le composizioni loro, cioè redurli alla similitudine delle cose proprie, come il variar delle carni corrispondenti all'età, alla complessione e al grado di quel che si pigne, distinguere un panno di lino da quello di lana o di seta, far discernere l'oro dal rame, il ferro lucido dall'argento, imitar bene il fuoco (il che tengo per difficile), distinguer l'acque dall'aere; e avvertire sopra il tutto d'unire e accompagnare la diversità delle tinte in un corpo solo, che così appari nel vivo, di modo che le non abbino del rimesso, e che non dividano e tagliano una dall'altra; è anco da fuggire il profilare cosa graziosa, e ornar la varietà degli abiti con freggi differenti, riccami, stratagli, franze, profili e gemme, con altre leggiadre invenzioni, dico nelle fimbrie tanto. A ridurre l'opere a fine il maestro deve usarvi diligenzia non estrema. Parmi anco che molto riesci l'esser netto e delicato nel maneggiare e conservare i colori. Sono infinite le cose appertinenti al colorire, e impossibil è isplicarle con parole, perché ciascun colore o da sé o composito può far più effetti, e niun colore vale per la sua proprietà a fare un minimo dell'effetti del naturale, però se gli conviene l'intelligenzia e pratica di buon maestro; e io, ch'intendo ragionare con chi è nell'arte perito, non m'istenderò altrimenti nella specie e proprietà de' colori, essendo cosa tanto chiara appresso ogn'uno, ch'insino quelli che li vendono sanno il modo di porli in opera e conoscono le qualità di tutti, sì minerali come artificiali, e anco n'è sì copiosa ciascuna parte del mondo (oltre che Plinio e altri ne parlorono) che l'ispendervi parole non sarebbe molto profittevole. La prontezza e sicurtà di mano è grazia concessa dalla natura; in ciò fu perfetto Apelle, e si legge a questo proposito, ch'eccitato Apelle dalla fama di Protogene, pittore celeberrimo, andò a Rodi per visitarlo desideroso di sapere se la lui gloria fusse equale all'opere, et entrato in casa sua, dimandò di Protegene a una certa vecchia, dalla qual li fu risposto che non v'era, e Apelle preso un pennello distinse una linea giustissima, dicendo a colei:

«Dirai a Protogene: "Quello che fece tal segno ti ricerca"». Tornato Protogene, veduta la linea e inteso il tutto, con un altro colore formò un'altra linea per lo meggio di quella fatta da Apelle, e partisi, ordinando alla vecchia che dicesse ad Apelle: «Colui che fece quest'altro segno, è quello che tu ricerchi». Ritornato Apelle e veduta la linea con intrepida mano, raccolto il pennello, formò la terzia linea nel corpo di quella fatta da Protogene, e fu di tal sottilità ch'era quasi invisibile. Tornando al ragionamento, dico che la prontezza di mano è cosa di grande importanza nelle figure, e mal può oprare un pittore senza una sicura e stabil mano, e quello assicurarsi sopra la bacchetta non fu mai usato dagli antichi, anzi è cosa vituperosa, dica chi vuole. Vero è che gli uomini s'assicurano la mano operando. Del lume, ultima parte e anima del colorire, dicovi, ch'all'imitazione del proprio, vi conviene aver buon lume, che nasci da una finestra alta; e non vi sia refletto di sole o d'altra luce. Questo perché le cose che ritraggete si scuoprano meglio e con più graziato modo, e anco le pitture hanno più di forza e rilevo, e in ciò loderei ch'il pittore eleggesse il lume nell'oriente, per esser l'aria più temperata e gli venti di quello men cattivi. Quest'è quanto ti voglio dire circa l'invenzione, disegno e colorire, le quali cose unite in un corpo sono dette pittura.

LA VAGHEZZA IN PITTURA

LAURO

Piano! Come vi piace il pittor vago?

FABIO

Mi piace sommamente, e dicovi che la vaghezza è il condimento dell'opere nostre, non però intendo vaghezza l'azzurro o oltra marino da sessanta scudi l'onzia, o la bella laca, per ch'i colori sono anco belli nelle scatole da se stessi, né è lodabil il pittor come vago per far a tutte le figure le guancie rosate e capegli biondi, l'aria serena, la terra tutta vestita d'un bel verde, ma la vera vaghezza non è altro che venustà, o grazia, la qual si genera da una conzione, over giusta proporzione delle cose, tal che, come le pitture hanno del proprio, hanno anco del vago , e onorano il maestro.

LAURO

Come serei a mal partito, se non si vendessero belli colori, il che mi dà credito e utile.

FABIO

Cotesto è un abbagliar gli ignoranti: non vi biasmo del por i belli colori in opera, ma vorrei che voi prestaste credito a' colori, e non che quelli aiutassero voi.

LAURO

Lo vorrete, e lo bramo io, ma ci manca il sapere. Ditemi per cortesia come lodate voi uno che sia presto nel dipingere?

LA PRESTEZZA NEL DIPINGERE

FABIO

L'ispedizione riesce in tutte le cose, ma la prestezza nell'uomo è disposizion natural, et è quasi imperfezione. In ciò non merta il maestro lode per non esser tal cosa acquistata da lui, ma donatagli dalla natura. E poi non si giudica nell'arte nostra la quantità del tempo ispeso nell'opera, ma sola la perfezion d'essa opera per la qual si conosce il maestro eccellente dal goffo. Vero è ch'ambi gli estremi sono biasmevoli, e a questo proposito si dice ch'Apelle biasimava se stesso perch'era troppo diligente, né mai finiva di ricercare e perficere l'opere sue, la qual cosa è molto all'intelletto nociva. Il contrario poi si dice d'un altro pittore, il qual dimostrò una sua opera ad Apelle, gloriandosi averla fatta prestissimo, al che rispose Apelle: «Senza che tu me lo dica, l'opera lo manifesta da se stessa». E anco quest'empiastrar, facendo il pratico, come fà il vostro Andrea Schiavone, è parte degna d'infamia, e questi tali dimostrano saperne puoco, non facendo, ma di lontano accennando quello che fà il vivo, e per ciò conviene usar una mediocre diligenza, non avendo riguardo all'ispender tempo, anzi usavano gli antichi (e si dovrebbe seguir anco, come buona parte) che tutte le tavole, o quadri (come volete nominarli), finite ch'erano, le riponevano da canto, e un tempo dopoi le rivedevano, et emendavanle. Quest'ordine tengono i litterati nelle loro composizioni, et è molto utile.

LAURO

E quando ne trarressimo li danari? La povertà è assassina, dicovi; e non si paga tanto un'opera, che li danari soppliscano sino al fine dell'altra. Solleciti chi può, e peggio, ch'alcune fiate vi convien dipignere sino alli sedili, non avendo con qual altra utilità intratenersi, per non esser tal arte necessaria.

FABIO

E perché non fate voi delle tavole e non tal gofferia appresso noi vituperosa e impropria?

LAURO

Perché se fusse posto a vender un quadro di Tiziano, direbbeno che la cosa è dozzinale, e a nostra confusione ci proferiscono dieci quattrini, e peggio, ch'ogni casa ha il suo dipintore, e s'aspettasse esser richiesto, dipignere più di raro che non appaiono le stelle crinite.

FABIO

Vi dirò il vero: io vi tengo per sospetto, e perch'io sono di natura cerea, voi credete facilmente imprimermi nel sigillo della disgrazia, acciò sgombri il paese, temendo ch'involi l'utilità vostre, e così creggio, perché tutti questi signori veneziani mi paiono splendidi e parziali agli vertuosi.

LAURO

Non ponete il ragionamento vostro in oblivione, di ciò ve n'avvederete voi. Tornate a casa.

FABIO

Non è ancor ora di cena da tornarsi a casa.

LAURO

Dico, tornate al ragionamento, e datemi a sapere qual sia la perfetta via del colorire.

FABIO

Oh, s'io sapessi discernere veramente questo che mi richiedete, potrei anco saper operare perfettamente in tutte le maniere. Pur da che vi promisi lo ricettario, non vi debbo mancar dell'openion mia. Io tengo che lo dipignere a oglio sia la più perfetta via e la più vera pratica; la ragione è pronta: che si può più particolarmente contrafar tutte le cose, perch'alcune specie di colori servono alle diversità di tinte più integramente, onde si vede le cose a oglio molto differenti dall'altre, e oltre a ciò si può replicar le cose più fiate, là onde se li può dar maggior perfezione, e meglio unir una tinta con l'altra. Arte che non se può usar negli altri modi. Il colorire a fresco in muro è più imperfetto per le ragioni dette, e perché ricerca presta resoluzione, ma a me par più dilettevole. Questo perché l'è più ispediente, ond'io esprimo con maggior prestezza il mio concetto, e in tal operar l'uomo se rinfranca di disegno, di colorire e di sicurtà di mano, e molto più eterne sono l'opere sue di quelle altrimenti fatte, e noi vediamo antichissime pitture in muro, perché la calce mista con l'arena è materia incorruttibile, e la tella e tavole sono debili e fragili.

LAURO

E non se può dipignere, come fece frate Sebastiano e altri, che dipinsero in muro secco a oglio?

FABIO

Vedete che l'opra è caduca, e già comincia a guastarsi imperò che la sodezza della calcina è impenetrabile, e li colori che si dànno in muro secco, o sia a guazzo, o sia a oglio, elli non passano la superfizie della smaltatura e rimangono sì picciolmente fondamentati, ch'il gran caldo li strugge e il gran freddo gli scorza; ma il dipingere a fresco è molto più eterno, perché li colori sono accettati dalla calcina e con lei conservano, come (oltre gli altri luochi) appar in Roma, dove si sono (a' miei giorni), cavando sotterra, scoperte alcune stanze ornate di belle pitture con belli colori, e per quanto si trova scritto hanno più di duo mille anni di vita. E Plinio narra come cosa ammiranda ch'ancor egli vidde ne' tempj d'Ardea, i quali erano stati le centinaia d'anni senza tetti (perché furono i più antichi di Roma), le pitture bellissime di colore e forma. Il per che vi esorto a procurar l'opere di muro, e più ne' luochi pubblici, affaticandovi e dilettandovi di perficerle, come sicuro di più longa memoria. Il modo di colorire a guazzo è imperfetto e più fragile, e a me non diletta, onde lasciamolo all'oltramontani, i quali sono privi della vera via. Molte altre vie vi sono di colorire a secco con colori e con alcune strazie bollite in diversi succi. Cotesto è lo dipignere arabesco usato da' Mori; altri modi in carte, in cera, in vetro e cuoi, ma coteste sono semplicità e folle fratesche da non conumerar nella pittura.

LAURO

Io concorro nella vostra openione circa il dipingere a fresco, e mi diletta molto. Vero è ch'alcune fiate l'è periglioso per l'ignoranza de' muratori, e si patisce molti incommodi, ma tanta n'ho delettazione, che molte fiate son stato due ore integre ingenocchioni, e anco più sconciamente, che non m'è incresciuto nulla.

FABIO

In vero la dilettazione supera, la laboriosità.

LAURO

Ora bene, come volete ch'impari di prospettiva?

FABIO

Già ve l'ho detto che di prospettiva non mi voglio dilatar, essendo l'instruzioni tante e si chiare che vi possete far eccellente da voi stesso; vi dico ben che la prospettiva è necessaria al pittore per tre parti. La prima perché ella insegna il modo di diminuire il tutto con vera ragione, e intendere quelle parti che fuggano per l'obliqua per giusta quantità e che sono imperfettamente vedute da noi. La seconda perché la prospettiva c'insegna a dar la giusta forma e integra porzione a tutte le cose. La terza è che tal arte fà giacer e possare tutte le cose al luoco suo; né solamente vi è necessaria la prospettiva, ma l'architettura insieme, perché la pittura, la scultura, architettura e prospettiva sono unite in un corpo solo per la circoscrizione, invenzione e quantità, tutto che tra loro le sia disugual perfezione, ma un perfetto pittore le sa, l'intende e l'opera tutte quattro insieme, e questo è quanto ve ne voglio dire.

LAURO

Nel vero (quanto alla capacità del mio intelletto) questo vostro ragionamento è stato bellissimo e veritevole, ma non trovo aver conseguito il desiderio mio, il qual era d'imparar il modo di farmi pittore eccellente.

FABIO

Questo è impossibile. Oh, non sapete voi che vi bisogna nascer come poeti? mal gli oratori si fanno, perché nell'altre arti, sì liberali come mecaniche, vi sono i gradi, le regole ordinate per le quali si perviene alla perfezione del suo fine, tal che ciascuno, per rozzo intelletto che si sia, egli si può far eccellente. Il che non si può nell'arte nostra. Altro non conciede la pittura dar agli prencipianti per istruzione ch'il modo di disegnare li contorni delle figure semplici, le distanzie, over misure proporzionate de' membri già dette da noi, e l'ordine de' colori. Altro non si può sperare dalla pittura; ma, se l'intelletto di colui ch'impara è docile e svegliato con la natural disposizione, ci imparerà frequentando lo studio e co 'l por mente a chi opera.

LAURO

Al corpo che non dico, che pria vorrei esser calzolaio che pittore, poscia che questa pittura è sì strano diavolo che non si lascia intender dalli suoi! Ditemi, per vita vostra, chi fu il primo pittore e inventore di tal arte?

I PRIMORDI DELLA PITTURA

FABIO

Iddio fu e pittore e scultore il qual fece tutte le cose create di sua mano con perfetto disegno, e con ottimi colori, e con giusta proporzione, né altro è l'aggirar del cieli, l'ordine delli elementi, la varietà degli animanti, ch'una retta composizione la qual è, come v'ho detto, disegno, ma quant'all'invenzione umana, vi sono diverse openioni secondo Plinio. Lodansi gli Egizj dicendo che tal arte suscitò da loro. Il ch'è falso. Gli Greci dicono che ne furono inventori. Altri dicono che li Scitioni la ritrovò. Altri, Corinti. Ma sia come si voglia, tutti sono conformi nel modo dell'invenzione, affirmando che tal arte ebbe origine dall'ombra dell'uomo, et è molto credibile; onde, affirmandosi un uomo nello spazio lucidato dal sole, Ardice, che fu il primo che l'isercitò come arte, contornava la detta ombra in terra, o in altra sua materia, con linee dette da noi profili, i quali furono trovati da Filocle egizio, over Cleante corinto. Costoro cominciorono a distinguer linee con un certo color nero nomato monocromathon. Cleofanto corinto ritrovò alcuni colori minerali, e cominciò costui a dar più forma all'imagini. Ma Eumaro fu il proprio vero pittore, perché trovò il modo di contrafare il naturale. Venne dietro Cimone cleoneo, il qual passò più oltra per la strada fatta da Eumaro. Cimone adonque aggiunse più porzione all'opere ch'Eumaro, e anco ritrovò l'oblique, cioè far guardar le figure all'in sù e all'in giù; scoperse nell'imagini la distinzion de' membri e delle vene; trovò la via di far le vestimenta e altri panni con la proprietà delle pieghe. Costui Alcibiade ritrasse a tal che li suoi soldati, riguardando nel ritratto, che sì bene rapresentava l'esserità del proprio, contremivano. Vi furono molti altri, tra quali Polignotto e Tasio, suo figliuolo, ambi pittori; Tasio fu il primo che mai ritrasse donna con tutti gli suoi ornamenti; a costui fu concesso da' Greci abitazione senza piggione e provvigionato delli danari pubblici. Dopo apparve uno Ateniese nomato Apollo Doro, costui fu pittor ingenuo e ritrovò il modo di far li penelli al presente usati da noi, e fu costui concorrente di Zeusi, ma di maggior perfezione, e mandogli a dir che fece male a involargli la sua arte, perché Zeusi attese molto a imitar le cose sue. Costoro, divenuti abondanti di richezze con la vera alchimia della pittura, cominciorono a donar l'opere sue, istimando ciascun, alto prezio inferior a quelle, con la qual presentazione erano incredibilmente presentati. Molti furono i pittori antichi celeberrimi la cui ingeniosità meritò affaticar la cortesia de' scrittori facendo (a malgrado di morte e del tempo) risplendere i nomi loro sempiterni.

ANTICHITÀ DELLA PITTURA

LAURO

Avete voi che quest'arte sia molto antica?

FABIO

Antichissima, e leggisi in Plinio che la pittura fu usata sei cento anni prima che la fusse traslata in Grecia. Vero è che ella fu portata in Italia dopo la vittoria di Marcello in Cicilia, e da' Italiani fu ritrovato il modo di dipignere a oglio. Era quest'arte in gran perfezione e precio al tempo di Romolo, e i Romani facevano dipignere le vittorie loro nelle scudi, sì come ora si dipingeno arme, over imprese delli nostri prencipi, e anco le facevano riporre ne' luochi publici. Usorono i Romani ne' giuochi loro far le scene di materie nobilissime, come di marmo di cristallo, d'avorio e altre più degne, onde Claudio fu molto lodato nella sua scena per la quantità delle statoe et eccellenza delle pitture, e si nota, tra l'altre cose, che v'erano finti alcuni tetti coperti di certi mattoni, over pietre, in modo di coppi, ma di forma piana in alcune prospettive finte tanto proprie al vero, ch'i corvi volavano per possarsi sovra. Ma cotesto è nulla alle lodi che sono descritte delle figure, come la simolata Pazzia d'Ulisse dipinta da Androgide, la Battaglia fatta da Eupompo, la Minerva di Timante, il Satiro di Micone, e altre cose assai narrate da Plinio e altri istorici, i quali dànno più chiara notizia dell'antichità dell'arte e della perfezione di maestri.

LAURO

In fine, se questa benedetta arte si potesse intendere per mezzi ordinati, non mi serìa noglia il pormi il giogo della pazienzia al collo per ornarmi di lei, ma è crudel cosa che niuno mai finisca di farsi maestro.

FABIO

Questo c'aviene perché gli intelletti nostri sono impediti dall'imperfezione corporea, a tal ch'aggiungniamo prima alla morte ch'al termine dell'intendere.

LAURO

Questo è ch'il nostro Plinio scrive nell'opera sue «faciebat».

FABIO

È ben fatto. Il medesimo scriveva il dio della pittura Apelle, volendo farsi intendere che sempre scorgea maggior profondità nel sapere, e quanto più s'impara, tanto più vi riman da imparare.

LAURO

È una folla tutte l'ope sue hanno la boletta: cosa risibile.

FABIO

Avete il torto a dannare le cose laudevoli, egli si sodisfà, o bene o male, che le sue opere siano, ne rimanghi memoria che lui fu pittore. E sapiate che la memoria dell'uomo è tanto più preclara e lodata, quant'è più nobile quella virtù che lo rende immortale, però egli s'appaga di fare gli uomini consapevoli che egli seguitò la più nobil, la più ingeniosa, la più alta virtù nel mondo.

Dimostra anco ch'egli aspirava alla sua immortalità. Il ch'è il più alto umore, la più degna sete, ch'ingombrar possi li petti di noi mortali. E ne dovrebbe sopra ogn'altra cosa attendere tutto uomo. E perché s'affaticorno tanti e tanti antichi fin a' giorni nostri penetrati illesi dalla rivoluzione delle sorti e dalla velocità del tempo, mercé degli scrittori, che celebrando le prodezze negli anni e nelle littere insieme, insieme si resero immortali. E che maggior vituperio di noi, che morir e sotterrarsi col nome? cosa propria agli animali irrazionali; e però qual più contentezza di se medesmo? che più gloria degli posteri? che più propria mercede possiamo rendere a Iddio dell'averci fatto uomini, che lasciar di sé una vertuosa memoria? che varrebbero le virtù? perché ci diede la natura l'intelletto? perché sono istimati gli uomini e signalati uno all'altro? non già per la materia o forma, non già per li beni di fortuna, ma sì bene per le virtù e arti. E qual di noi non sa mangiare, e berre, e dormire? e qual non saprebbe lasciar divorare gli anni suoi all'ozio e all'inerzia? in vero ognuno; né ci dileggi quegli ricconi che tengono l'ignoranza in reputazione. Imperò che la buona fama è miglior della ricchezza, come cosa che si gode in vita e in morte. Il ch'è detto da Salamone. E io non porto invidia ad altri ch'a quelli immortali per le virtù loro.

LAURO

Giuro a Dio che, se voi mi persuadesti a divenir luterano (ch'Iddio ci scampi di tal frenesia), vi faccio fede che mi vincereste, tanto le ragioni vostre sono appresso di me penetrabili; e promettovi, per la vita mia, che non più uscirà opera di mia mano senza il suo bolettino, burli chi vuole.

FABIO

Anzi sarete lodato da chi saprà lodarvi. E qual gioggia pensate voi che sia di Michiel Angelo Buonaruoti, di Tiziano e altri, che per loro virtù fruiscono tre vite, l'una naturale, l'altra artificiale e l'altra eterna? Oh, ben fortunati uomini veduti da pochi e celebrati da tutti, eletti da Iddio, favoriti dai fati, ben creati dalla natura, e per figliuoli abbracciati dall'arte, e da qual arte: da quella ritrovata e usata dall'eterno pittore Iddio nostro! Oh, felici e gloriosi spiriti, celebri al mondo con tal vìrtù che vi fà degni d'esser nominati dèi mortali!

I MAGGIORI PITTORI DA GIOTTO IN POI

LAURO

Voglio che sappiate ch'oggidì vi sono de' valenti pittori. Lasciamo il Peruggino, Giotto fiorentino, Rafaello d'Urbino, Leonardo Vinci, Andrea Mantegna, Giovan Bellino, Alberto Duro, Georgione, l'altro Peruggino, Ambrosio mellanese, Giacobo Palma, il Pordonone, Sebastiano, Perin del Vago, il Parmeggiano, messer Bernardo Grimani, e altri che sono morti, ma diciamo del nostro Andrea del Sarto, di Giacobo di Pontormo, di Bronzino, Georgino aretino, il Sodoma, don Giulio miniator, Giovan Gierolomo brescian, Giacobo Tintore, Paris, Dominico Campagnolla, Stefano dell'Argine giovane padoano, Giosefo il Moro, Camillo, Vitruvio, e altri poi, come Bonifacio, Giovan Pietro Silvio, Francesco furlivese, Pomponio. Non vi pongo Michel Angelo, né Tiziano, perché questi duo li tengo come dèi e come capi de' pittori, e questo lo dico veramente senza passione alcuna.

FABIO

Per lo vero cotesti e gli altri sono sofficienti, e mertano esser nominati pittori, ma se Bronzino seguita all'ascendere, egli verrà un eccellentissimo maestro, e ardisco ch'el mi par el più bel coloritore che dipinga a' giorni nostri.

LAURO

Bronzino è un perito maestro, e mi piace molto il suo fare, e li son anco parzial per le virtù sue, ma a me più sodisfa Tiziano, e se Tiziano e Michiel Angelo fussero un corpo solo, over al disegno di Michiel Angelo aggiontovi il colore di Tiziano, se gli potrebbe dir lo dio della pittura, sì come parimenti sono ancora dèi propri, e chi tiene altra openione è eretico fetidissimo.

FABIO

Così tengo io veramente.

INTERMEZZO

LAURO

Non getiam più tempo in tal cosa, perché l'opere loro ne rendono più chiara testimonianza. Attendete pure a fornire il raggionamento nostro secondo la promessa.

FABIO

Come fornire, eh? che volete ch'io dica? informatime voi.

LAURO

Oh, pensateci voi bene.

FABIO

Pensatici pur voi.

LAURO

A fornire il ragionamento vostro vi riman lo «peccadiglio dell'Ispagnuollo», riposto da lui nel fondo della confessione come più leve, et era più grave che tutti gli altri insieme.

FABIO

Sto a udire: sù, non mi tenete più su l'ali.

PARAGONE FRA PITTURA E SCULTURA

LAURO

El vi convien dechiarare qual è più nobil arte: la pittura, o la scultura.

FABIO

Sta bene, voi mi richiedete queste resoluzioni come s'io fusse il maestro delle sentenzie; pur, perch'in tal difficultà si concerne l'onor nostro, io m'affaticherò in farvi intender quello ch'è chiaro da se stesso, ma con patto che; detto questo, faciam fine al parlar di pittura.

LAURO

Starà a voi.

FABIO

Molti sono stati quelli ch'hanno mossa questa difficultà, e con altra accutezza della mia, i quali hanno sempre voluto difendere la scultura come più nobile; ma perché niun di loro fu pittore, non è maraviglia se non diedero a tal questione un risoluto fine. Volendo di tal cosa parlare, non son per citar le ragioni di costoro, ma solo difenderla con le vere ragioni dell'arte nostra. La pittura e la scultura nacquero insieme, e furono ambe due prodotte da l'intelletti umani a uno istesso fine e a un solo effetto, per imitar e fignere le cose naturali e artificiali, al qual fine noi s'accostiamo molto più perfettamente che gli statuarj, imperò che lor non puono dare a una figura altro che la forma, ch'è l'essere; ma noi pittori, oltre la forma e l'essere, l'orniamo del ben esser integramente, e questo è ch'insieme figniamo la forma composita di carne, ove si discerne la diversità delle complessioni, gli occhi distinti dai capegli e dagli altri membri, non dico solo di forma, ma di colori, come è anco nel vivo distinto. Noi facciamo veder un'aurora, un tempo pluvio, e nel figner le cose artificiali noi faremo conoscer un'armatura, un panno di seta, di lino, un cremisino separato da un verde, e simil cose; e se voleste dire che questi sono effetti de' colori, dico che non, per ch'il verde farà ben tutte le cose verdi, ma non darà la propria differenzia del veluto o del panno di lana, e però i colori non possono far tali effetti da sé, se non vi aggiugnie il maestro il suo artificio. Gli scultori sono imperfetti, non avendo autorità di distintamente imitare una cosa, ma solo nelli contorni.

LAURO

Chi può contradire al vero che si vede?

FABIO

Vi voglio far intender un punto forse non più udito, ma tal cosa non ve la dico come ragione. Non può lo statuario formare per ordine comune cosa niuna.

LAURO

Come diavol no? oh, che folla dite voi.

FABIO

State a udire. Lo scultore non mai forma quella cosa ch'egli fà al modo diritto di formare, come facciam noi, imperò che, quando uno pittore forma una figura, egli prencipia dal centro, e ce l'insegna la natura, nell'ordine del suo operare, la qual comincia dalle cose semplici e vien poi alle miste. Si ordisce prima il cadavero per modo anatomico, poscia si cuopre di carne, distinguendo le vene, le legature e le membra, riducendolo per li veri meggi alla sua integra perfezione; ma lo scultore va retrogradando alla rebuffa come ritto ebraico nello scrivere, e così opera l'arte all'opposito della natura; possiam dire che tant'è la scultura inferiore alla pittura, quanto è differenzia dall'arte alla natura, e non fabrica mai nella figura, ma nella superficie della pietra, la qual vien a poco a poco tanto scemata e tagliata dal maestro, ch'egli ritrova la figura intesa da lui, sì che li accrescono e loro diminuiscono. Non so voi m'intendete.

LAURO

Una bella sottilità, per Dio, e verissima.

FABIO

Trovate voi un scultore che divegni pittore senza praticar il colorire, non mai; ma un pittore si farà ben scultore da sé; né può il statuario operare cosa senza il meggio del disegno, il qual è corpo dell'arte nostra, se vogliano operar nella sua; ma s'aggrandiscono dicendo: «Noi gli diamo il rilevo, e non solamente sodisfacciamo al vedere, ma anco al tatto, e per ciò quel giovane Ateniese s'impazzite della imagine di Venere suo idolo».

Di scultori, che si tengono avantaggiati per lo rilevo, sono goffi. La ragione è ch'i pittori dànno il rilevo alle sue figure formate nella superficie d'una materia piana e liscia, e con l'artificio loro tratto dal vivo la fanno parer di rilevo, sì ch'inganna; ma gli scultori fanno veder una figura in un sasso, il quale rilevato da se stesso, e dove è il rilevo, naturalmente non bisogna, né l'arte gli lo può dare.

LAURO

Sta molto bene. Voi militate a favor nostro mirabilmente. Ancor che questi tali dicano esser astretti a far una figura di punto, perché scemandone una scaglia oltre il bisogno la figura non si può reintegrare o emendare.

FABIO

Di questo, s'il maestro è perfetto, egli conosce molto ben la natura della pietra, e la siegue con tanti vezzi e con tal diligenza che non ne trae pur un attomo più di quel che li conviene, e se pur fortuitamente occorre che la se spezzi, quella si può aiutare con stucchi usati da loro. Ma più chiaro, se voi conumerate la fragilità della pietra tra l'eccellenza della scultura, senza dubbio la pittura è più perfetta per esser priva di tal pericolo; ma quant'alli corpi, over materie di tal arti, molto più fragili e deboli sono li corpi della pittura, per esser di legni e telle, ma tal cosa non si contiene nell'arte; e che così sia, la scultura non è quella pietra, ma la scultura s'intende quella figura scolpita e formata in essa pietra, né si deve lodar la sodezza di quella materia, ma la perfezion dell'artefice; e avvenga ch'alla figura mancasse il capo, over un braccio, vorreste voi per ciò imputar il maestro? non in vero, per ch'il fallo è della pietra, né anco si resta di lodar integramente lo scultore per il guasto della figura; ma se la figura dipinta si guasta, o nella faccia, o in altra parte, chi è quello che la possi acconciare? Tutti li pittori e scultori insieme non sarian bastevoli, perché sempre apparerebbe l'acconcio; le si puono ben rifare, e loro anco possono riformarle, riducendole in minor forme, ora meglio. Se noi avessimo questa metta nella pittura di non poter senza ruina della figura preterire gli estremi, siate certo, ch'essendo noi uomini, come essi sono, lo sapressimo servare con maggior diligenza della sua, ma dandoci la liberal pittura campo franco di compiacersi nel fare e disfare, abbiamo più causa di ringraziarla che non hanno gli scultori ragione di lodare la loro scultura.

LAURO

Al corpo di me, che gli avete legato la lingua di modo che tutti gli statuarj insieme non possono contradire o negare l'imperfezione della scultura e che sono veramente nostri inferiori, sian pur l'opere sue più che le nostre eterne.

FABIO

Che l'opere scolpite siano più delle dipinte eterne, gli cedo, ma tal cosa non dipende per la sua ingeniosità, ma per la sodezza della pietra.

LAURO

Schifate questa imbroccata, o statuarj! E forsi che non si gonfiano nel dire che per un scultore vi sono cento pittori, e se l'attribuiscono a gran lode, dicendo che la difficultà della scultura non è appetita da tanti intelletti.

FABIO

Vi dirò la ragione, ma prima vi rispondo che, quanto alla gran copia de' pittori, io non ho inteso mai, nel ragionamento mio, parlare se non di quelli veri pittori, come eccellenti nell'arte, delli quali non creggio che ve ne siano, circoendo tutto il mondo, il numero di dieci; ma che gli uomini appetiscano e applicansi alla pittura più ch'alla scultura, questo avviene perché la conoscono più perfetta e più unita con il natural, ch'è il suo fine più dilettevole, perché dà più integra similtudine alle cose, e anco con più brevità s'isprime il suo concetto. E più che la partecipa meno del mecanico e laborioso, la qual parte è fuggita dall'intelletto, come suo contrario, ma la pittura è accettata da lui con tal dolcezza, ch'i pittori si liquefanno e si risolveno, come Narciso, nell'imagine della sua beltade.

LAURO

Voi m'avete sodisfatto benissimo, e se la memoria mia conserva il ragionamento vostro, chiuderò la bocca a questi che vorranno diffendere la scultura, come per un altro modo furno confusi da Georgione da Castel Franco, nostro pittor celeberrimo e non manco degli antichi degno d'onore. Costui, a perpetua confusione degli scultori, dipinse in un quadro un san Georgio armato in piedi appostato sopra un tronco di lancia con li piedi nelle istreme sponde d'una fonte limpida e chiara, nella qual transverberava tutta la figura in scurzo sino alla cima del capo, poscia avea finto uno specchio appostato a un tronco, nel qual riflettava tutta la figura integra in schena e un fianco. Vi finse un altro specchio dall'altra parte, nel qual si vedeva tutto l'altro lato del san Georgio, volendo sostentare ch'uno pittore può far vedere integramente una figura a un sguardo solo, che non può così far un scultore, e fu questa opera (come cosa di Georgione) perfettamente intesa in tutte le tre parti di pittura, ciò è disegno, invenzione e colorire.

FABIO

Questo si può facilmente credere, perch'egli fu (come dite) uomo perfetto e raro, et è opera degna di lui, e atta d'aggrandire l'ali alla sua chiara fama.

LAURO

Poscia ch'avete dipinta la nostra pittura così estratta dall'altre virtù, e molto sopra tutte esaltata, sete anco tenuto a ritrovar un pittore più degli altri uomini perfetto, e da loro estratto come di capacità integra a tanta intelligenzia.

FABIO

Eh? chi potrebbe distinguere un uomo da un pittore, s'il pittore di necessità convien esser uomo?

LAURO

Non dico separato di materia e forma, ma qualificarlo e ornarlo, sì come par a voi che comporti la grandezza di tal arte.

FABIO

Come diavolo trovar un pittore? Sono forse li pittori promessi da Iddio miracolosamente, o aspettati dagli uomini, come dagli Ebrei il Messia?

LAURO

M'avveggio ben io che voi dite queste parole masticando il prencipio; accomodative a vostro aggio. So che non potete mancarmi, volendo aggroppare insieme tutte le lodi della pittura.

FABIO

Diamogli fine, per l'amor d'Iddio, ché non vi accheteresti in tutt'oggi, e dubito che vi corruciareste meco.

LAURO

Non so certo se mi sdegnasse, ma l'arei a male

FABIO

Sono varj li giudicj umani, diverse le complessioni, abbiamo medesmamente l'uno dall'altro estratto l'intelletto nel gusto, la qual differenzia causa che non a tutti aggradano equalmente le cose. E però chi s'applica alla grandezza delle littere, altri più sensitivi si comettono all'onorato preggio dell'armi, alcuni più modesti si vestono di religione. È ben vero ch'a tal varietà concorre l'influsso delle stelle, le quali inseriscono in noi la proprietà della lor natura (come vuoleno gli astronomi). Però, s'ardisco formare un pittore che sodisfaccia a tutti li pittori, m'espono all'impossibile; s'anco attendo a comporre un pittore perfettamente, qualificato ugual al merito e grandezza dell'arte, vi parrà ch'io neghi l'integrità degli altri pittori, e terrete per impossibile che gli uomini possino esser perfetti pittori. Imperò che mai nacque uomo (parlando di puri uomini) integramente ornato di tutti quei doni insieme da Iddio e dalla natura infusi tra tutti noi mortali. Conviemmi adonque (per adequar questa nostra umidità) dipignere una cosa possibil tra noi. Per tanto non desidero che nel nostro pittore sia altro che le qualità necessarie e proprie della pittura, a tal che non faccio caso s'il pittore nasce di sangue oscuro e di prosappia vile, ché non s'apprezza nell'uomo altro che la virtù propria, come cosa acquistata da lui, e quelli pigri e inerti, che tengono bastarli lo gonfiarsi nel freggio acquistato dalla virtù de' progenitori, sono adulati e scherniti, e non veramente istimati, e però dice Erodoto che non si die aver riguardo all'uomo che sia di nobil patria, ma a chi ne è degno. Abbiamo per isperienza nell'arte nostra molti esser d'inculti divenuti eccellenti pittori, come oggi dì appare. Questo perché siamo guidati a tal perfezione per lo meggio d'una buona disposizione naturale, e questa vien infusa in noi da alcune congiunzioni de' più benigni pianeti, o nella nostra generazione, over nella natività, e di questi sarà il nostro pittore, acciò che più facilmente divenghi nella perfezion dell'arte; e anco mi piace ch'il pittore sia ornato di buona creanza, perch'ha da negociare con persone publiche e grandi. E perché si vede espresso che tutte le creature appetiscono il loro simile, non fà al preposito ch'il pittore sia di statura picciola o difforme, che potrebbe di facile incorrer nelli proprj errori, dipignendo le figure nane e mostruose; e anco molti di loro sono inconsiderati e troppo veementi. Non sia grande in estremo, assai delli quali sono sgraziati, pigri e inscipidi; ma sia il pittore nella porzione che già v'ho descritta secondo Vitruvio, ch'averà più facile adito di formare le figure perfette, traendo l'essemplo da se stesso. Vorrei che fusse grazioso per parteciparne con l'opere sue. Bisogna ch'il nostro pittore sia come ebrio nello studio dell'arte, di modo che con la buona disposizione si facci pratico nel disegnare la qualità e quantità delle cose, svegliato nell'invenzioni, e nel colorire perfetto; che l'intelligenzia sua s'istendi nell'universale per riuscire in tutte l'occorrenzie, come dipignere a oglio, a fresco, a guazzo, a secco, e con ciascun altro modo; eccellente nelle figure, dotto nelli paesi, e pratico in altre bizzarrie, consumato nella prospettiva; vago nella scultura, il che c'è al proposito anco nel far delli modelli per veder gli atti e acconciare i panni; sia amico dell'architettura, come membro dell'arte nostra; e franco nel maneggiar li colori, sì che, mancandone uno, ei sappia porre in opera gli altri, e tra molti fargli far l'effetto di quello che non vi è. Non però voglio ch'il nostro pittore si inveschi in altre pitture che nel far figure a imitazione del naturale, ma sia questo il suo fondamento e il suo studio principale; e dietro a ciò ami grandemente il farsi pratico e valente nelli lontani, del che ne sono molto dotati gli oltramontani, e quest'avviene perché fingono i paesi abitati da loro, i quali per lor selvatichezza si rendono gratissimi; ma noi Italiani siamo nel giardin del mondo, cosa più dilettevole da vedere che da fignere, pur io ho veduto di mano di Tiziano paesi miracolosi, e molto più graziosi che li fiandresi non sono. Messer Gierolemo bresciano in questa parte era dottissimo, della cui mano vidi già alcune aurore con rifletti del sole, certe oscurità con mille descrizioni ingeniosissime e rare, le qual cose hanno più vera imagine del proprio che li Fiamenghi. Questa parte nel pittore è molto propria, e dilettevole a se stesso e agli altri; e quel modo di ritrare li paesi nello specchio, (come usano li Tedeschi) è molto al proposito. Ma intendo ch'il pittor nostro abbi la vista acuta, la mano sicura e stabile, l'intelletto libero senza ingombri di cure famigliari, acciò che perfettamente discerni e facci elezione delle più belle e graziose parti. Li conviene esser sitibondo d'onore, acciò che con dilettazione riduca il tutto a perfezione. Accetterà però l'ordine tenuto dal grande Apelle, il qual per non mancar nell'integrità, poste le sue tavole in publico, di nascosto ascoltava la diversità dell'openioni, le quali poi considerate da lui, con la qualità della cosa dipinta l'ammetteva, o reprobava secondo il suo giudicio, e fra gli altri accettò una fiata l'opposizione d'un calzolaio perch'avea legate le scarpe d'una figura alla riversa; del ch'invaghito il calzolaio, volendo procieder più oltra nel giudicare gli abiti delle figure, disse Apelle: «Fratello, questo s'apertiene al sarto, e non a te». Così restò il calzolaio confuso

LAURO

Non meno rimase vinto il nostro Paolo Pino, ritraggendo una donna, e sopragionta la madre di lei disse: «Maestro, questa macchia sott'il naso non è in mia figliola»; rispose il Pino: «Gli è il lume che causa l'ombra sott'il rilevo del naso»; disse la vecchia: «Eh? come può stare ch'il lume facci ombra?». Confuso il pittore disse: «Quest'è altro che fillare»; et ella, dando una guanciattina alla figliuola, in modo di scherzo disse: «E quest'altro che pittura; non vedete voi che sopra questa faccia non vi è pur un neo, non che machie tanto oscure?».

FABIO

La prontezza dell'arguzie è assai famigliar alle femine. Voleva (come ho detto) Apelle intendere più openioni, perché molte fiate la virtù intellettiva resta dal troppo frequente operare come avelata e ottusa; il per che sovente ci occorre che, credendo aggiognere perfezione nell'opere, se gli accresce disgrazia. Non per ciò voglio ch'il nostro pittore assiduamente s'eserciti nel dipignere, ma divertisca dall'operare, intratenendosi e istaurandosi con la dolcezza della poesia, aver nella soavità della musica di voce e istromenti diversi, o con sue altre virtù, del che ciascuno vero pittore debbe esser guarnito.

LAURO

Mi fate sovenir d'Alberto, Duro alemano, il qual compose un'opera nel suo idioma che trattava anco di pittura, la qual cosa, mertò esser degnamente scritta latina; e di Leon Battista Alberto fiorentino, molto erudito nelle scienzie, come è accertato dalle sue opre latine, nelle quali ardì fondatamente, nel libro che fà di prospettiva, opponere a Vitruvio prospetico; e del Pordonone, che fu buon musico, in molte parti ebbe buona cognizion di littere, e maneggiava leggiadramente più sorti d'armi. Frate Sebastiano dal Piombo come riuscì eccellente nel liutto! Intendo del vostro Bronzino che si diletta molto di littere, di poesia e musica. E Giorgio da Rezzo giovanne, il qual, oltra che promette riuscir raro nell'arte, è anco vertuosissimo, et è quello che, come vero figliuol della pittura, ha unito e raccolto in un suo libro con dir candido tutte le vite e opere de' più chiari pittori. Quasi che mi scordavo di Silvestro dal Fondaco, nipote della pittura per esser figliuolo della musica, sirocchia dell'arte nostra. Costui ha un intelletto divino, tutto elevato, tutto virtù, et è buon pittore. E veramente non creggio che mai fusse pittore privo totalmente di virtù, dico oltre la pittura.

FABIO

Tutti costoro furono pittori integri. E perché la pittura non vuol laboriosità corporale, ma tien l'uomo quieto e malancolico, con le virtù naturali affisse nell'Idea, util cosa sarà alla conservazione di questo individuo essercitarsi in cavalcare, giocare alla palla, lottare, giocare di scrimia, o almeno caminare per un certo spazio, confabolando con alcun amico di cose allegre, perché tal cosa agilita la persona, accomoda la digestione, e strugge la malancolia, e anco purifica la virtù dell'uomo. E perché l'arte della pittura s'intende nell'imitare tutte le cose naturali e artificiali, non poco importa ch'il pittore abbi dilettazione di vedere e intendere similmente tutte le qualità e natura delle cose. Convien adunque ch'in lui sia tanto giudicio di littere almeno, che sia capace della lingua latina, e ami lo volgare, per lo mezzo delle quali si potrà prevalere dell'istorie e invenzioni antiche. Parte onorata e utile del nostro pittore sarebbe la fisionomia, come anco vuol Pomponio Gaurico, acciò che se volesse dipignere una femina casta, sappi molto bene distinguere li contorni e applicare l'effigie secondo la qualità delle cose, imitando quel Demone lacedemone pittore, le pitture del qual erano tanto simili al proprio, ch'in quelle si conoscea un avaro, un crudele, un vizioso, e tutte l'altre proprietà naturali. Poscia loderei ch'egli non fusse simile alli polli, che nascono, vivono e muoiono nel pollaio, ma che si separi dal nido, dove ognuno, per grande e raro ch'ei riesci, non vi è molto istimato. Quest'è per la lunga domestichezza, e anco perché nel giudicare uno al primo colpo gli uomini percuoteno nelle miserie loro, dicendo: «Non è costui il tale, figliuolo di quel calzolaio?, che fece, che ebbe?» et cetera. E per tanto il nostro pittore dispenserà la gioventù sua andando per le più nobil parti del mondo, come dispensator d'una tanta virtù, facendo con la maraviglia dell'opere sue ampla strada alla sua immortalità, donando le tavole a' signori e grandi uomini, li quali possono e debbono sostentare tal virtù a loro convenevole, come quelli che puonno dispensar loro nelle cose non necessarie; e da ch'egli convien peragrar il mondo, se gli disconviene lo carico di moglie, come quel che risecca la perfezion nostra, e troncasi la libertà con l'amor del figliuoli e con la persuasion di moglie. E sopra il tutto aborrisca il pittore tutti li vizj, come l'avarizia - parte vile e vituperosa nell'uomo -, il giuoco pernicioso e forfantesco, la crapola - madre dell'ignoranza e dell'ozio -; né vivi per mangiare, ma si cibi sobriamente per sostentazione propria; schiffasi d'usar il coito senza il morso della ragione. Qual è parte che debilita le potenzie virili, avilisce l'animo, causa malencolia e abbrevia la vita, non pratichi persone vili, ignoranti o precipitose, ma la sua conversazion sia con quelli da chi si può imparare e acquistar utile e onore. Vesti onoratamente; né mai stia senza un servitore; usi tutte le commodità che può, e che sono fatte per l'uomo. Voglio anco che si conservi in uno certo che di riputazione non affettata, non biasimevole, ma mista con affabilità e cortesia, accettando ognuno, e intrinsecando con pochi; così non pur acquisterà la benevolenza di molti, ma si conserverà nell'amicizia di tutti. Non accaderà stimolar gli uomi con disegni, o con ampiezza di promissione a far l'opere, perché queste sono l'armi di chi intende poco l'arte; ma il nostro pittore, che sarà eccellente, attraerà ciascuno a ricercarlo e richiederlo nell'occorrenzie loro, salvo però s'un altro suo rivale tentasse d'abbatterlo. In questo caso voglio che lui venghi al duello della concorrenza, e fare un'opera per uno, ma con patto che sia ammessa la più perfetta, come già volse far Giacopo Palma con Tiziano nell'opra di San Pietro martire qui in Vinegia. E così difender, conservar e aggrandir l'onor suo. Il ch'è lecito in cielo e in terra. Ma Dio vi guardi dagli giudici ch'abbino gli occhi bendati, over le mani pillose. Né apparisca il nostro maestro con le mani empiastrate di tutti i colori, con li drappi lerci e camise succide, come guataro; ma sia delicato e netto, usando cose odorose, come confortatrici del celebro. Usi anco quelle foggie di abiti ch'anno più disegno, ma che contengano un che di gravità. Conviengli anco del faceto nel motteggiare e ragionare di cose che siano conformi alla professione e natura di colui col qual ragiona, e questo vale nel ritrarre una persona, ché quel convenir star fermo causa un certo che di noglia. In questa parte debba esser il pittore ispediente per non fastidir il paziente, perché se ne raggiona poi, e acquista un nome di troppo tedioso, e vien aborrito da ognuno, e ancor trae le persone da quella volontà di farsi ritrarre e far altre opere. Non sia il pittore dispettoso nell'esser premiato, ma si condanni, come quello che più apprezza l'onore che l'utile, e aborrisca quel far mercato, cosa veramente vilissima e mecanica, e anco disconvenevole all'arte nostra. Imperò che non può il pittore prometter di fare un'opera perfetta, ancor che sia eccellente, ché molte fiate l'indisposizione e il troppo amore dell'opera, c'è contraria di maniera ch'una figura, tolta in displicenza nella prima bozza, mai più riesce, né per ciò contradico alla natural perfezione che può esser nel nostro pittore, perché questa indisposizione non causa dall'intelligenzia, ma dall'imperfezione degli sensi nostri. Dall'altra parte colui ch'opera non può sapere il merito di quella cosa che non si vede, né anco si sa imaginare. E però, fatta l'opera, quella si premia, sì come merta la sua perfezione, acciò che lui patisca minor opposizione, poscia che la bontà d'Iddio c'ha per suoi eletti. Sia il pittore (come amatore della salute sua) buon cristiano, imperò che sempre gli uomini vissero sott'un ordine di religione, sopra la quale è la vera e perfetta legge d'Iddio. Sia questo nostro pittore tanto circospetto e integro in ciascuna parte necessaria all'arte nostra, che merti esser nomato maestro come pien di magistero, e come quello che può perfettamente insegnare ad altrui l'arte e virtù sua. E s'avvenisse che ne fusse richiesto come maestro, se conoscerà il discepolo ben disposto e ch'abbi dell'ingenioso, lo debbi accettare, e con amore istruirlo nell'arte, imitando la natura, la quale non solo pone cura in conservare la già perfetta pianta, ma anco le fà produrre e nodrire delli rampolli, acciò (educati dalla virtù della pianta) quelli conservino la specie e rendi il medesmo frutto. In questo Panfilo, maestro d'Apelle, usava gran scortesia e si mostrava avarissimo, perch'egli non pigliava discepolo alcuno per men precio d'uno talento attico all'anno, che valeva più di sei cento scudi delli nostri, né si può dire che questo facesse per riputazion dell'arte, perché li bastava il tenir le sue tavole in precio, ma anzi dimostrava non amar l'arte per altro che per utilità, cosa a noi veramente biasimevole, tenendo l'alchimia vera in seno, et essendo ricchi d'un tal tesoro che la morte sola ce lo può involare.

CONGEDO

LAURO

Ora mi chiamo da voi sodisfattissimo, né voglio altrimenti fastidirvi in tal raggionamento, ancor che vi serebbe molto che dire.

FABIO

Se non vi soddisfate di quanto ho detto, sopplite da voi stesso, e io starò a udire.

LAURO

Torniamo pur a rallegrarsi nella bellezza di tante nobil matrone. Eccovi il gentilissimo messer Pietro Antonio Miero giovane padovano tutto scintillante di virtù e amato dal nostro Pino come egli stesso. Accostiamocili, se volete accertarvi della prudenzia sua.

IL FINE